122 Le femme 7182 -

REQVESTE

DES
MARCHANDS LIBRAIRES
DV PONT-NEVF,

Presentée à Nosseigneurs de la
Bazoche.

EN VERS BVRLESQVES.

M. DC. LI.

REQVESTE
DV PONT NEVF.

A Nosseigneurs de la Bazoche,
Reboutteurs lurez d'hanicroche,
Hauts-Iusticiers en Mardy-gras,
Iuges des doux-sanglants combats,
De Themis illustres fantosmes,
Des Magistrats, Singes & Momes,
Dont puisse regner le renom
In sæcula sæculorum.

---

*P*Lusque tres-humblement supplie,
Pont-neuf de structure accomplie,
Promenoir de tous faineants,
Vauriens & mesme vauneants,

A

Rendez-vous à toute personne
Mauuaise, mitoyenne & bonne,
Theatre commun en tout temps
Aux baladins & charlatans,
Chanteurs de diuerses sornettes,
Et ioüeurs de marionnettes,
Lieu de retraite à bandolliers,
Soldats des Gardes, Escolliers,
Laquais chassez, traisneurs d'espées,
Et che cheurs de franches lippées:
Passage où iamais on ne fut:
Sans qu'aussi-tost on n'apperceut
Dieu me preserue de mesdire,
Cocus, Moines, ou fille à rire,
Mais encor plus que tout cela,
Pont-neuf ayant cet honneur-là
D'estre la demeure ancienne
De sa Majesté bronzienne.
Disant que long-temps cy-deuant
Et mesme encor auparauant
Il estoit en pleine puissance,
Possession & iouyssance
De receuoir dessus son dos,
Tous reuendeurs petits & gros,
Quelque que fust leur marchandise,

Sans

Sans esgard de Maistre ou Maistrise :
Mais entr' autres certains quidans
Souuent amuseurs de Pedans
Aussi bien que d'autre personne,
Dieu leur doint vie longue & bonne :
Ces pauures gens chaque matin
Sur l'espoir d'vn petit butin,
Auecque toute leurs familles,
Garçons, apprentifs, femmes, filles,
Chargez leurs cols & plein leurs bras
D'vn scientifique fatras,
Venoient dresser vn estalage
Qui rendoit plus beau le passage,
Au grand bien de tout reposant,
Et honneur dudit exposant,
Qui tous les iours dessus ses hanches
Exceptez Festes & Dimanches,
Temps de vaccance a tout traffic,
Faisoit debiter au public ,
Denrée à produire doctrine
Dans la substance cerebrine,
Et ce durant long laps de temps,
Par dix, vingt, trente & quarante ans,
Voire par temps dont la memoire
Est plus vieille que le Grimoire,

B

Bref temps qui que trop ne suffit,
Pour posseder auec profit
Et conseruer sans aucun doute
Possession de chose toute,
Mesme par les trois derniers ans
Au veu & sceu de tous passans,
Voire des parties aduerses
Qui par fois maintes & diuerses,
Ainsi que chetifs regrattiers
Venoient roder tous ces quartiers,
Escumant par fine pratique
Tout le meilleur de la boutique :
Car pour peu tel y a tondu
Boucquin cherement reuendu ;
Et Palais & ruë sainct Iacques
Y ont souuent bien fait leurs Pasques :
Neantmoins depuis quelques mois,
Qui tout au plus font trois fois trois
Palais & consors par malice
Pochant les yeux à la Iustice
Par la vertu d'vn parchemin
Qui n'est pas plus grand que la main,
Mais bien mieux suiuy qu'Euangile
Ont tout soudain fait faire gille
Aux susdits pauures mercelots,

Et ſerrer leurs doctes ballots,
Si que l'expoſant pour cette heure
N'eſt plus que ſterile demeure :
Et de ceux que l'on dit tiltrez,
Gens ignares & non lettrez,
Puiſque ſi cruelle auenture
Luy rauit ſa litterature.

CE CONSIDERE', NOSSEIGNEVRS.

Beaux reiettons de chicaneurs,
Attendu que depuis peu meſme
Tallonnez par diſette extreme
Ces pauures Libraires chaſſez,
Deuant Sorbonne eſtans placez
N'y reçoiuent pas de quoy viure,
Faute d'y vendre vn meſchant liure :
Et tel ſans denier y toucher
S'eſt bien ſouuent allé coucher.
Ordonner ſoudain il vous plaiſe,
Nonobſtant ce qu'en diſe Blaiſe,
Cramoiſy, Iean Petit, Macé,
Sommauille & tout ramaſſé,
Qu'en tout repos, paix, aſſeurance,
Poſſeſſion & iouïſſance,
Automne, Hyuer, Eſté, Printemps,

Soit qu'il pleuue ou faſſe beau temps,
Les ſuſdits Libraires de grace,
Seront remis dedans leur place,
Et le ſuppliant dans ſes droits
Gardé tout ainſi qu'autre-fois :
Faiſant inhibitions grandes,
Sur peine de rudes amendes,
Deſpens, dommages, intereſts,
De les troubler, Et bien ferez.

FIN.